夜行的灯火

宋远升 著

上海三联书店

目 录

今夜归来，清点晨星（序）

周少华

　　我和宋远升相识，的确是因为诗歌。那已经是二十多年前了，在我们共同的母校。彼时我已经留校工作数年，而远升正在那里就读。见到他之前，我已经在一份校内的学生刊物上读到过他写的诗，并留下了深刻印象，觉得那些诗句中充满了生命的痛，很难相信它们竟是出自一位年轻学子之手。后来，又数度听闻其名，皆是有人称赞他的诗思文采。终于有一天，一位同样极有才情的小学弟黄震，将远升带到了我的单身宿舍，我们就此相识。但是，我不记得我们在一起谈论过诗歌，印象深刻的倒是他讲述过的他那独特的生活经历。

　　远升生长在沂蒙山区的一个小山村，即便是到了上个世纪九十年代初，那里的生活依然贫困。不知是怎样的原因，让远升在初中毕业时就选择弃学，早早地奔赴生活的战场。他种过地，做过木工学徒，当过私营煤矿工人，在采石场采过石头，小小年纪就备尝生活的艰辛，甚至经历过生死一瞬。我当时听了非常震惊，从来没有想过，比我小好几岁的人竟然还会有这样的生活经历。我也立刻明白，远升当时能写出那样的诗，显然与他的生活经历密不可分。

后来，远升好像不再写诗，而是把精力全部放在了学习英语上。应该是在他大三那一年，有一次我到他宿舍，看到他床铺周围、上铺的床板下面，贴满了大大小小的纸张，上面密密麻麻写满了单词，床头放着好几本快被翻烂的英语词典。远升说，他要考六级，考托福。他说拼命学英语，主要就是为了不再写诗；他说写诗太伤神，让人睡不着觉。我当时心里虽然稍稍有些遗憾，却也完全能够理解他的选择，以自己的切身经历，我知道青春时代对诗歌的热爱常常让人变得忧郁痛苦。但是，远升能够这样清醒而且自制地逃离出去，我还是多少有些惊讶。因为这可能意味着搁置自己的才华。

远升毕业以后，有几年我们失去了联系，后来再有消息时，他已经在华东政法学院读硕士研究生了。其间，他还在国外游学两年，又拿了一个硕士学位。研究生毕业以后，他幸运地留校在一份学术期刊从事编辑工作，与我当时的工作完全一样，所以后来我们一直保持着频繁的联络。近十年，只见他不断地有论文发表，以每年一本的速度出版了很多学术专著，知道他已经把精力投入到学术研究中，并顺利的评上了教授。只是从他每本学术专著的后记里，我仿佛又看见了当年写诗的那个宋远升。这些后记基本都是长长的抒情散文，似乎不该出现在一本本法学专著里——即使是后记，也显得格外独特而突兀。但，我却读出了欣喜，因为从这些文字里，我看见了远升心中不灭的诗情。后来，便真的开始能在微信朋友圈和微信公众号里看到远升写的诗了。我知道，今天这个时代，学术性的文字或多或少都是为功利的目的而被制造出来的，而诗歌文字却越来越与名利无关。所以我深信，每一个写下分行文字的人，必定都是基于生命深处的某种内在动力而进行书写。远升新写的这些诗依旧保持着当年的底色，但有着更深沉的情绪，更成熟的表达。更令人高兴的是，远升把这些诗作结集成这本《夜行的灯火》，将要正式出版了。

　　虽然我和远升一样，都属于业余的诗歌写作者；但是，我依然反对毫无美学立场的赞美。当我阅读这本集子当中的每一首诗作时，我是抱持着一种挑剔的眼神在揣摩每一个句子和词语。或许是因为我自己的少年时光也是在乡村度过，远升的这些诗歌很自然地触动了我，让我找回了早年生活的诸多记忆。所以，尽管这些诗作的某些语句还具有原始的粗粝感，我却喜欢里面的真。一个人与诗歌结缘，可能出自不同的原因：有些人是被语言本身的魅力打动，有些人则是被生活赋了了灵性。我想，远升的诗歌足以表明，他是属于后一种诗人，他的诗歌中的很多东西是完全属于他个人的，无法被复制模仿。

　　如果从整体上感受，远升的诗歌情绪基本上都是弥漫在同一片山野之中。这对于一位已经在大上海生活了十多年的高知人士来说，确实有些不可思议。远升的诗中几乎没有都市的影子，他虽然工作于上海这样的繁华之地，却频繁地现身于故乡的山水之间，仿佛只有回到那里，才能找回内心的安宁。这或许可以成为我们理解他的诗歌的一个重要的线索。在远升的笔下，故乡就是他的宗教，负载着他的全部生活信仰。山下的村庄，诉说着久远生活里的苦难与欢乐；山顶的庙宇，昭示着生命里的神圣与庄严。"在众生的昏暗中／寺庙的灯火还在／黄昏落在寺庙的旧木上／一只蝴蝶燃烧出响亮的声音"（《黄昏》），只有在故乡，生活才会让我们如此虔敬和赞颂。在那里，"每一株蔬菜／每一粒粮食／都可以直达天堂"（《故乡之歌》）；在那里，"比少年还瓦蓝的天空／停泊在神的后院"（《还乡》）。以至于，"一想起孟渊山村／春天就开遍了山坳／在往事中打水／满目都是春树的倒影／如同月亮中游泳的魂灵"（《孟渊山村》）。尽管故乡对于每个人来说，都可能是生命中最温暖的词语；但是，那些有过苦难记忆的人，故乡却更像是一盏"秋夜的风灯"，摇曳着捉摸不定的悲喜冷暖。"我曾经在一万次的流水冲刷中向你靠近／也接受过一万次因冲击而带来的温暖或战栗／你是分离也是接近／是悲伤也是喜悦／在这片被露水浸透的山地／我看到了冰凉的爱恋／以及隔世的亲情"（《秋夜的风灯》）。

　　一个人无论走到哪里，无论离开了多久，与故乡之间都会有一根无法隔断的脐带。这不仅是因为那里承载了我们自己生命的记忆，而且承载了我们祖先的生生死死。"在我的墓志铭中／只有你和我的诗书是真实的／如同肉体对于血脉的认可／这种家族之树潜能的寄托／不会因为死亡而孤单"（《寄托》）。人一代一代，免于孤独的最好方式莫过于理解生命的根在哪里。有时候，我们需要亡灵陪伴，才能明白生命的意义。于是，哪怕是溪流中的石头，也成了对亡灵的祭物："这些辽阔的流水／专门用于盛放最深沉的事物／或者是最深的祭坛／供死亡转灵"（《深水流》）。牛棚里的月光，也具有了神秘的气息，仿佛能从月光里，听见祖先的呼吸。"我看见木鱼在天降的湖水中游泳／牛槽里的麦草开始生根／祖先们在一朵麦花里复活"（《牛棚里的月光》）。一丛生长在坟头的迎春花，将死亡与新生书写在苍穹之下，只有对生命有着深刻体验、"在生命之初就追赶落日"的人，才能看见这丛迎春花是如何，"根系直达墓床／闪烁生死隐晦不明的秘密"（《迎春花开在坟头》）。我们常常需要在逝去的亲人的足迹中，来找寻回家的路。哪怕我们已经漂泊在别处，真正能够让灵魂获得安宁的，仍然是那一片荒凉的土地。从这一点来说，我们每个人都不过是在重复祖先的命运而已。"所有在月亮下行走的魂灵／都知道他们的归途／影子重叠着影子／无论谁的道路都是如此重复"（《宿命》）。但是，作为归来者，故乡可能已经不是记忆中的那个故乡，当你行走在自己的记忆中时，你仍然难免孤独。"面对这座荒凉之村／没有通道可以轻易进入／那些超过一生的人物／就很难再去惊动他们"（《迈向故里的孤独》）。

　　远升的诗歌里，弥漫着挥之不去的孤独和忧伤。这依然是一个少年的孤独和忧伤，青春和生命在此凝聚，让它们有了雪花般的冰凉与美丽。这可能源自于生活的苦难，也可能与一场痛彻心扉的爱情有关。也许那时，"爱恋还深藏在栅栏之中／无论是纸上还是画中／三十三重高天之上／到处都是你幻化的影子"（《往事》）；或者，"昙花一现／在永失中成为永恒"（《昙花》）。刻骨铭心的初恋与对故土的深情，都可能成就一个诗人最好的作品。当我们穿行于诗人的那片山野，就会反复遇见那个"雾夜里独行的路人"，那个"深夜里的行者"，他在大雪纷飞中，"独自一人祈祷桃花的亡灵"。显然，在诗人的意念里，故乡并非仅仅是地理意义上的那个生长之地，更是精神上的信仰之地。所以，他的文字间流淌的尽是朴素的感情，却又闪烁着一缕缕神性光芒。"那个清点晨星的人／星空下收集过去积淀的尘埃／由黑渐白的土地／无数次承载着从天缓缓而降的黎明"（《晨星下》）。

　　远升的诗歌都很短，大多在十多行；但是，当我们整体性地来阅读这些诗作的时候，就会发现它们的精神气质是一以贯之的，甚至可以以自身的力量聚合在一起，生发出一个强大的气场。那是山野乡村的气息，古老、神秘、忧伤而又安宁，带着天然的诗意。诗人自己就是那朵夜行的灯火，独自游走在他的精神故乡，"沿着宿命行走／我在夜的深处循着自己的影子／如同寻找灯火的夜蛾"（《夜行的灯火》）。灵魂或身体，一次次回到属于自己的山野，成为那个"清点晨星的人"，成为"在透明的月光下缓慢地走动着身子"的"隐居者"，成为被月光裁剪的人："折叠的月光下／西风用颤抖的声音／在白杨树上弹奏同一架竖琴／／……／只要少年时在冬天月光里行走／独自穿越一条河／就是一个被月光裁剪的人"（《月光裁剪的人》）。

而一个被月光裁剪的人，心中必定拥有一生的诗意。

（周少华，曾用笔名冰河，诗作散见于《诗林》《飞天》《延河》《笠》（台湾）等二十多种期刊，出版有诗集《冥想的石头》）

雪山僧踪

只有幽居在群山之上
大雪才能让白色任意挥洒
才能获得大把时间
远望人间烟火

这些僧人的足迹
散漫地走过雪野
寂寞而温暖
如同河中的锚
十二月的目光不再无尽地漂流

这些雪地的偈语
是雪天僧人对外界讲述的唯一语言
几只飞鸟如草鞋般坠落
在雪地的阴影里
走过的人说因果消了

山谷之风

在山谷里
我看见少年爬过的梨树枝条还在颤抖
陶笛的声音正向远方出走
蜘蛛在树上张开风衣
这是希望也是陷阱

如同山丘迎接落日
我一人独自站在山口
双手抚摸着满山荒草
指缝留不住故乡春天一样的风

风吹过寂静的山谷
一直将落日吹到黑暗
梨子也一样
与我相约落地
静待时光交接谶言

墨 痕

这些墨痕只有手指明白
长发做的画笔
曾经多次在我脸上掠过
远看如同河流上荡漾的柳树倒影

你曾涂抹群山和天空
忘情地在我脸上叠加着小小风暴
仰望你在春天悬崖上踱步
香气跌宕让我胆战心惊

爱和感官都会迟钝
黄昏蔓延一点一点远去的声音
再熟悉的手指也难以画出
一个人在记忆中老去的伤心
这些墨将滴到忘忧河上
终究要被流水最后带走

迈向故里的孤独

在故里黑夜的静寂中
我俯视自己瘦削的身影
这些鸟的羽毛
如同徘徊在狭窄的山的入口
已经接近了飞行的极限

面对这座荒凉之村
没有通道可以轻易进入
那些超过一生的人物
就很难再去惊动他们

我的孤独是整个黑夜的孤独
直至烛火残存的灰烬慢慢熄灭
我听到了钟摆在心脏中的呼吸
陈旧的枝条被夜鸟惊动
这些银白色的针回归它们的出处

晨星下

在晨星下沉睡的人必将获得安详
他的木床有着初夏的栅栏
祖父还睡在一侧
那株白杨树完好无损
他没有想过如何老去

那个清点晨星的人
星空下收集过去积淀的尘埃
由黑渐白的土地
无数次承载着从天缓缓而降的黎明

终其一生没有入住这些天空驿站
虚幻而又真实
在悄无声息中搬运着我们
如同蝴蝶在我的生命中振翅
每次都更接近心脏

因果之树

一棵树长在顶端
这是神的额头所在
正在出窍的灵魂
与我距离遥远

所有的都曾经在我身上种植
而粗糙的皮肤紧紧包裹
触觉丧失了敏锐
眼光也一样
如同迟疑的手曾经抚摸过

我只是这棵树木遗留在
人世的种子
面对的斧子并没有生锈
因果之树果实累累
不管它的根系有多么遥远

盛　夏

从芸豆架开始
我们陈列夏天
篱笆的光阴中
西瓜和脆瓜成熟到糜烂
六月将一株白杨升到了半空

盛夏的流水淙淙
野树上充斥着鸣蝉的风声
每一次呼喊
夏天就光明一分

这些细节过于细微
与我无关
那时我并不懂感动
也不知道
如此巨大的盛夏是如何发生

石　磨

深夜也不能停止的都是活的石头
它的力量深埋在磨眼
牙齿紧扣牙齿
与我口口相传
必须赞美粮食
以及将粮食磨成乳汁的人

我是石磨的孩子
石磨是石头的女人
这些固定的车轮终生无法走进
月亮的梦境
青石墙上没有什么美好残留
我不能逃脱世俗的石磨
以及时间的石磨
母亲什么都没能逃脱

雪落故园

在摇曳的天空中
这些不再孤独的光集中莅临
如同远方的夜归人
故园的雪夜里
事物的表情不断减少
白或者黑

这些西天的使者
带来深入骨髓的神谕
在木头上摩擦铙钹
在老屋中点亮炉火
使我浮现于尘世之上

暗夜中飞翔的雪是我的宗教
在无数次的振翅与挣扎中
应当安排这些覆盖故园的雪作为结尾

午夜的敲钟人

午夜的敲钟人醒了
叫起那些失眠者
摇晃失修的坟墓
与上面淡蓝的花草

午夜是尘世与来世唯一相通的花园
敲钟人是运送时间的马夫
被白色的奔跑马匹碾压
不是我一个人的过错
不能在这漆黑中照亮道路
就无法撼动通天的命运

午夜的钟声响了
声音溅起几点暗黑灯火
有的未能点燃
潮湿的木头无法回声

沉默的荆棘鸟

从记忆花开你就开始落叶
从晨星闪耀到月亮初升
在玉米地的天空里
看不见你曾经梳理秀发
无法挽留的落日和雪
都是被流放的隐喻

老磨坊的角落循环往复
忍冬藤封锁了青石墙的天空
从村头的荆棘丛到山坡的荆棘丛
天堂里的一颗彗星坠落到篝火里
你是人世唯一温暖的寒霜

荆棘鸟一生只是歌唱一次
我的母亲一生也未歌唱过

农历的神

比农历神更遥远的神我看不见
他们比天空更陡峭
不沾人世的一点烟火
终生不与我家的土地接壤
我看见的只是
——高粱开花、豌豆开花、红薯开花
二十四个少女裙角飘飘
提醒我在每个节气种植留恋与幻想

比农业种子更深刻的种子我也看不见
我只知道这里的因果
无法在其他事物中钻木取火
一些超验的世界我无法验证
农历的神将虚拟转化为现实
——高粱、豌豆与红薯

隐居者

这俗世最奢侈的人
莫过于隐居者
一片山岭都是他的后院
一群鸟雀都是他的家禽
他可以采集任何一株秋天的蘑菇
作为细雨斜飞时的遮蔽

雪花般的石头不是冰冷的事物
三三两两的乌鸦在上面点灯
搁置已久的道路
荒草长的多了就成了草场
牛也不知道由此进山

隐居者的去向不明
他在雷霆熄灭时拨弄一下灯芯
在透明的月光下缓慢地走动着身子

牛棚里的月光

放牛人将一段月光遗留在牛棚
如此透明而直立的树
种植在牛的肩上
牛的愚氓与温和
一起将我催眠
我看见木鱼在天降的湖水中游泳
牛槽里的麦草开始生根
祖先们在一朵麦花里复活

不求最多也不求最少
这月光的草棚恰好容纳
两头牛的身子，以及犄角
这种虚幻而又真实的开叉
我的祖先
就是这样延续血脉

春天的空山

春天独自在山中游荡的
可能是一个无家可归的人
以前对桃树仰慕至深
现在已经成为单独的一朵桃花
孤悬挂在桃树之上
三里外的村庄中呼唤的人远去
应声而来的人回到了投胎的地方

满面雨水的春天降临这座空山
万物浮生又展开一次轮回
我抚摸着时间的结疤
不能确定自己是否在万物之外
只是听着挖石头的人叮当作响
敲打着空山上去年的野葫芦
无可避免
身体被这座山腾空

沿着箫声穿过雾夜

只有白色的鸟
才能沿着自己回到雾夜中的家园
只有弯曲的眼光
才能翻到河流的对岸
看见墓地里长满草木
河的忧愁里渔夫在结网
穿越这双重遮蔽的门
打捞遥远的星火

这里是白杨树与尖顶房屋布置的
荒凉之城
我是雾夜里独行的路人
没有空门可以轻易进入
如同涉水之人握着绳索
我沿着箫声穿过雾夜

那些如草的农妇

那些青石与藤萝交织的村庄里
生长着大片如草的农妇
炊烟温暖冷空
只是不见焚草的人

河流里淹没的是流浪
树木上结满的是种子
她们只是草
看不到开花的时刻

这些看来生死不明的人
半悬在人世的中间
秋风迅捷地抓住她们的影子
头发凌乱
我看见接踵而来的季节哀愁
在她们头上一点一点漫过

暮 色

墨色滴到清水大碗
慢慢就流成了人世的伤
这些虚空之水
高达三丈三尺
总要漫过我的头颅之上

一座塔丈量着
从头到脚的距离
带动一场巨大的冒险
撕扯着榆树年轮的结节
阳光正在慢慢向我倾斜

所欲的晦隐不明不过是一捧暮色
事物的藤蔓忘记了何处的根
黄昏没有什么例外
只是我不能再重复自己

放蜂人

屋子与鸟巢都空着
人世的山路，人时的低地
放蜂人就是一个雨打风吹的陌生族群
没有见过谁将荒芜甘之若饴
这些追逐时间的人
不过是我在草木中的影子
在池塘的阳光里反光

很多人心中都有流浪的灵魂
在河中流走的是不尽的孤独
沿途的葱绿
忧郁与烟尘
放蜂人是黑夜中的眼睛
飞过的蜜蜂恐惧明确
飞过的蜜蜂无路可循

迎春花开在坟头

风从树冠中来
坟头在迎春花中沦陷
无论是有字墓碑或者无字
很少有人知道如何消解

没有哪种花朵处于如此的临界门口
半冷半暖、半阴半阳
根系直达墓床
闪烁生死隐晦不明的秘密

这些花朵的繁华
如同刚从坟墓中出发
迎春花的内脏和芬芳
远看站立在小小的悬崖
这是巨大的风险
一步紧挨着流水和尘土

穿过矮松夹道的山路

没有必要翻越这座山
分开一个村庄和更远的一个
我的野心只是这条矮松夹道的山路
感受时间的牛车
轻轻触碰空旷的心跳

草木新鲜
露珠的香气
滴在苔藓的皮肤上
阳光的细脚轻轻挪移

草木在结籽
鸟在筑巢
农人劳作不息
万物各就各位
我走在一天最浓的松荫下赎罪

夏 雨

一场从稚嫩逐渐到粗哑的嗓声
连接着栗树下的土地
震动难以攀援的陡峭天空
村庄的四周蓄积着暴力
这么多的结荚黄豆摇摇欲坠
我的奔跑不像是惧怕雷声

无常声音后面是莫测的雨水
这些万马奔腾的蹄子
从我家高粱地里碾过
蹄印鲜明
溅起大片泥土的痕迹

雨水还在敲打着石头房子
夏日的屋顶雾气缭绕中变得冷清
一只麻雀将自己慢慢收回巢中

听 埙

我在音色中听到了泥土
在炉火中听到陶工的斧凿
在夜的中心听到隔世的埙声

多少年就是这么忧郁地响着
更多年前梅花盛开在整个村头
埙声是一条还魂的河流
我听见隐藏着黑夜浸透的魂灵

秋天将要燃尽
山色半阴半晴
往事在暮色中沉浮
一想起
雪花就落遍了埙声

睡 莲

你也会在沉默中眺望远方吗
一座喧嚣制作的巨大平静
纤弱的手脚漂流四方
每个黑夜都会如约而至

我们曾相遇在黑暗的水滨
在生命荒芜的渡口
过客纷纷而逝
一朵睡莲在等待盛大的雨声

我还是躲藏在木门以内
一只蝴蝶不知是冬眠
还是长睡不醒
任凭窗外的大雪飘满山谷

陆 沉

我们所看到的光
不过是月光下的洪水泛滥
江湖里没有浮木
供我们在道路上雕刻

我们是深夜里的行者
彼此都是互相参照的路标
我们是漆黑中的夜猫
需要在对方眼里看到火把

如果冰山碰撞
我们将同船燃烧
如果大地陆沉
我们将一起陷落

昙 花

没有什么比黑夜更适合居住
神灵沉入大海
除了昙花
万物都淹没于尘埃

在渐凉的灰烬中埋好过去的声音
在暗淡的灯影中遥望花蕾的隧道
冬天里适合冬眠
这里的反面就是一场悲剧

走着走着星光就暗了
这灼痛双掌的小火焰
昙花一现
在永失中成为永恒

我击打着木头独自歌唱

我击打着木头独自歌唱

击打着孤单和喧嚣

死亡和永生

击打着飞鸟远去的秋天

我所有的击打

都是想寻找白杨在夜色中留下的光

九月的天空将一朵棉花升得很高

我击打着流水和时间

木头没有疼痛

我也没有疼痛

狂风阵阵

天苍地黄

我击打着木头独自歌唱

清　明

闪电还在十八座山之外
空荡荡的中间峡谷
淹没一群疲惫的马匹
没有道路维持秩序

没人想象将成为垂老的树木
没人能够描摹死亡的形状
就沉沉睡在地下
仅靠眼泪与外界联系

清明是最接近神灵的地方
它故意被种植在春天
短暂的幸福
使我们忘记了忧伤

行走在大雪纷飞之夜

我在黑暗的大雪中纷飞
在静寂的炭中取火
纯白之上着墨
独自一人祈祷桃花的亡灵
这个季节的芳菲已纷纷凋落

多少年就在无声之流上飘着
风做的手杖总是破旧如斯
路过一个村庄
又走过一个村庄
走过一盏灯火
又错过一盏灯火
前方的影子并不是我

黄 昏

此刻万物都成低垂的叶子
昏鸦收敛羽毛
山的皱褶分开黑夜与白昼的边际
这座寺庙重新成为群山与村庄的中心

在众生的昏暗中
寺庙的灯火还在
黄昏落在寺庙的旧木上
一只蝴蝶燃烧出响亮的声音
我们将一起沉入黄昏

大地与山峦都将沉入黄昏
高天上的星光次第点起
我不远万里来到这村庄之上的寺庙
以及寺庙之上的星光
我知道将在黑夜中行走好久

夜 莺

在嘈杂的世界中
我听到一支展翅飞翔的玉笛
唤醒心中冬眠的枯草
以及长眠不醒的亡灵

催开我双手的莲花
直达众神居住的地方
将往事沉入山谷
带我去山顶

紧闭的城堡锁不住这不死的精灵
将白昼屏蔽
打开那座迷人的星空
趁着黎明未至
这座精致的马车将带我去天庭

风居住的街道

风居住的街道
时光曾是如此的悠长
湿漉漉的花瓣长在歌上
青藤的院子坐落在天上
骑白马翩然而过的少年
是万金难买的从容

风行走的街道
人面与桃花上都写满匆匆
燕子是往世的使者
隐晦不明的时光中
穿梭着来世的信息
风声中疲惫的鱼儿
竟然还能激起旧事的涟漪

你是否知道我已经出走半生
是否你已经离去
是否你还记得我沧桑的容颜
风吹过街道
或许我们从来就未曾相识

往　事

那些年，我的血液是故土河流伴奏的琴弦
爱恋还深藏在栅栏之中
无论是纸上还是画里
三十三重高天之上
到处都是你幻化的影子

等落日被大风吹到山丘
我的头颅低垂进尘土
什么也不必相信
奇迹是当年枯萎的种子
只有我一人在往事里饮酒

什么都没有开始
如同什么都没有发生
我们不停地在大雨中奔跑
嬉戏或是哭泣
或许只是为了回忆这旷野中巨大的回声

往事燃烧成灰烬

在往事的灰烬里
垂老的火焰围聚成余温
旋风将灰重塑成人
灰中的火，黑中的白

在永世的凝眸里
我在世界的喧哗中听到哭泣
人世间，只有生死
才会让人措手不及
只有血缘
才是不忍放弃的缘分

我在生命之初就追赶落日
如同怯怯儿童紧抓祖父的衣襟
打马如飞，挥泪如雨
以至于将自己遗忘在
九月最后的一个落日山村

桃花渡

当年我一人就占据着整个桃花渡口
在一朵花中幻想一场爱恋
在一枝草中想象一次枯荣
一阵箫声可以为我展开一座无比曼妙的春天

我也曾中流击水
浪遏飞舟
给我一瓣绯红
我就会让她变成一河艳丽的桃花
即使春天行将燃尽
我也会使它重新涂上颜色

现在我只能在冬天的渡口遥想春天
大风吹散任何幻想和尘土
脚步迟滞
再也无法迈过这河流水
一棵枯树再也开不出一朵纤细的桃花

那一日

那一日
我伏在你的脚下
天与地都静了
生与死都淡了
我最青葱

那一日
我皈依在你的座下
你的五指张开
一座玲珑剔透的须弥山
我纵有万般变化
也不愿逃脱

那一日
我们穿越万水千山相见
转山转水转高原

爱恨都淡了

情仇都成为过客

只为你的莲花能够敲响我的空山

青 藤

梦醒了
我知道你是天上的飞鸟
失去记忆
谁抢劫了你的飞翔
生生死死
谁在凝望
月亮里游泳
你的眼神微微摇动
我的大海就波涛荡漾

与你携手寻找失传的雪国
森林里打开深藏的誓言
我的掌纹印着你的宿命
水做的容颜
韧在骨里
最美的花开在天上

夜与昼

你的身影不断地飘着

多少枝蔓

就有多少情丝飞扬

夜雨如织

细数着密密麻麻的往事

灯火黯哑

一首歌谁将陪我唱到天亮

往事里打水的女子

冬去春来到你身边荡起小舟
你款款的身影照亮我的双眸
对你的心情
岸上长青草
而你却静静地流着
恰似我的忧愁

水起水枯一身蓝衣坐在你的岸边
你柔柔的小手敲开我故园的栅栏
对你的情感
柳树长新芽
而你却静静地流着
恰似你的温柔

夜深人静
往事里打水
你纤纤的脚步慢慢走过我的双眼

对你的爱恋
头上飘杨花
而你依然静静地流着
恰似我的悲伤

圣诞黄昏中拉二胡的老人

半融雪花之必要

粗糙小城之必要

低矮教堂之必要

世俗生活之必要

当陌生的面孔逐渐聚集

这渐老的一束阳光就有了意义

两只手互相取暖

两根弦间刮起大风

没有装饰的圣诞树

立在冬雪中

正是黄昏

故乡之歌

我在河中逆流游泳
就看见当初的少年
沾满一身春雨
一个人站在山顶之上
以石投向山谷的深处
探知事物终将逝去
如果死亡能够延续
你就是那座山的神

白就隐藏在黑的内部
刀刃在炭火深处寻找光芒
每一株蔬菜
每一粒粮食
都可以直达天堂

悬空的楼阁

西风吹走灰烬
以及多余的一切余温
黄昏即将沉入大地
十二月的灯火渐次变暗
由南到北
再由东到西

神意被高挂在积雨云的上空
死亡和遗言还得延续
直到时间不再被打磨得如利刀般雪亮
我和候鸟不断被季节追赶
终其一生未能进入故乡的内部

在生与死的屋顶之上
梦想与现实交织成最后的星光
道路来自远方又消失在远方

除非上方加盖一层悬空的楼阁
谁也看不清方向

秋天的闪电

摇曳在秋天弧形的顶上
闪电滚滚而来
我不知道这是再生或者消逝
闪电俯视着庄稼以及沉默的众生
这种高度远在我之上

这些奇迹般的光芒
如此细密地穿梭于命运的网上
我屏住呼吸
不顾危险奔跑在秋天的闪电下
等待是如此漫长

秋天的闪电还是如多年前那样
石田里已经长出了高粱
我在最闪耀的黑暗里敞开头颅
仿佛一个失语者

夜行的灯火

狂风吹熄了十月
带走高台的歌声和白昼的焰火
沿着宿命行走
我在夜的深处循着自己的影子
如同寻找灯火的夜蛾

夜行人穿越山阴和树阴而来
这是包裹灯火外部的虚幻灰烬
不远万里来慰藉我的内心
你来自哪里
又吹向何方

黑夜终究要来
仿佛阴沉天气来前的疼痛
夜行的灯火将亘古不息的舞蹈塑造成人
我知道自己不是唯一的失眠者

边缘的花朵

我在花的边缘
在黑与白的尽头
如同你们
再也闻不到花香

落花凋零的力量如此迅速
太阳被风从东吹到西
你们的悲欢如此短暂
我无法挽留

荒芜中传来歌声
如同大地上升起的黎明
在这至暗的时刻
在这眼中升起的星空

还 乡

风从东方来
将回到西方
如同你从生命中来
又将重回泥土
那些比闪电还迅捷的飞鸟
最终将栖息于一片野林子

比少年还瓦蓝的天空
停泊在神的后院
槐树上悬挂着一滴巨大的露珠
不必借助水晶球
就会知道最终坠落的方向

时间从死亡中来
使五谷倾斜
拧暗季节与老人
暮色四合时一起还乡

半山听雨

我曾在这座半山上听雨
草木正是青春勃发的时光
这座山的枣子
如同生长在神话中的神树
这是天空下被恩宠的息土

六月里雨水茂盛
藤萝多梦深入内心
众鸟的欢畅高达树梢
野林子里我们一起轻轻地飞

只要在雨中飞翔
雨滴就会落在翅翼
遥远的风灯还在敲打着我稀疏的窗户
一只秋天蚂蚁拖着一辆牛车
愈是深夜愈是发出巨响

接近黄昏的池塘

黄昏收敛翅翼
降落在这么寂冷的池塘
被其所逼
我不由会设想一些什么
一场爱情
或者一场梦
我仍然看不透它的深度
岸边杨树倒影落在水面上
这是虚幻制造的物体
一条大鱼无论是漂浮在表面
还是沉在水底
都不会对周围造成响声
睡莲悬浮着枯萎的叶子
只有底下一对巨大的泥足在走动

檀 香

我不知道需要多长的寂坐
这来自檀木林里的采伐声音才能熄灭
这火之燃烧
以及火的煎熬
一缕一缕压制住内心

黑暗建造的楼阁难以洞穿
秋天的星光太过辽远
悬空的窗户深锁着遥远的故人
我仍然能看到蝴蝶焚毁的声音
仿佛来自众香国里的暗香

我曾经翻山越岭
在灰烬中找出未燃的旧木
狂风中抱紧摇曳的烛火
我的内心之海已经逐渐平息
只是等待头颅升起檀香的一刻

巨 人

屋顶的脚步在黑夜里不停踱步
提醒我们的恐惧和我们的内心
我们或者在巨人光中舞蹈
或者被巨人之光所追缉

阳光是阴影的另外一面
生栖息于死的枝头
每根枯木都可以看见火把
每片芥子都可以到达须弥

每个人的身体内
都住着一个沉睡的巨人
有时只是冬眠
有时长睡不醒

寺庙门口的石狮

之前这座石狮只是无名的石头

如同我们必须在轮回中得到名字

石狮在慈悲中获得威严

或许这是代价

抑或是自我献祭

正午阳光明亮地闪击在这座成型的青石上

没有一丝毛发被吹动

石狮的重量从内部延展到外部

在我们毫无察觉的地方

改变着周围的山形

石狮沉重地坠在寺庙门前

这是汹涌山峦的一只锚

使它不能飘离

也不会沉没

列车向西

如同一片沉重的叶子被疾风吹着向西
这座列车在夜与白昼之流上穿梭
吐出夜之浑浊
分开人世的洪水
穿越粗糙的村庄和精致的城市

这座钢铁打造的巨大盒子
一直向西行驶在自己的宿命里
列车迅捷地挥动着巨大的触须
所有人都被裹挟在夜色裁剪的窗帘中
仿佛被大雨赶上了一块浮木
没人感觉到在一直向西
这是被时间驱赶的一枚足迹
绝望地碾过豫北平原最早的一朵霜花
不管我挽留的声音多么慌张

众生之上

只是等待晚祷响起
众多乌鸦从远方聚集在松树的枝头
尖塔之上
喧哗的众生之上
居住着尘世最大的秘密

闪电的信件从最上方来
我在湿漉漉的众花之中仰望
用终生的劳苦去解读
借助飞鸟及塔尖的高度
接近神的手
每次思考都会感受到星空碾压的力量
作为逃离的理由
它就存在于断翅之中
如同希望就隐藏在诅咒中

孟渊山村

一想起孟渊山村
春天就开遍了山坳
在往事中打水
满目都是春树的倒影
如同月亮中游泳的魂灵

斑斓的老虎奔跑在山上
碧绿的藤萝深入青石院落
一个僧人的诱惑
在这座山村隐居了一千年

无论是薄暮满眼
还是在烛火昏黄
我都是被这座山村俘获的一条鱼
我不知道你来自哪里
你是曾渡我的一条船

旧地的痕迹

如同被火烧过的废墟

木柴是不断移动的人群

当年的尖叫还回荡在夜晚的空房子

等一位精神病人冲出障碍遮盖的院落

火焰终于熄灭在我重回的天空里

青草也是这样逐渐变黄

直到在山的高处让风吹暗

草木被往事密密编织

从我的脚踝蔓延至山顶

没人知道当年的火药巨斧是如何砍伐

这些是隐藏的伤疤

没人知道它们是如何改变着周围的地形

如同我一样

因岁月太久而忘记了疼痛

写于南京泉水采石场我当年打工的旧地

梦中飞起的白天鹅

可能只是借助梦境的枝条休憩
天亮前就要飞离白昼中消失的林子
这雪白的精灵
往事的天空中我们曾一起飞
在一场爱情事故中擦肩而过
初春的花朵被急雨所伤
从而陷得比梦境更深
比缘分的深渊更为神秘
在秋天晨雾升起以前
这只白色的天鹅无可挽回地掠过
掀起一团忧郁的火
每次飞近都是一场悲剧
仿佛夜蛾趋向火光
或者在尘封的蛛网中难以逃脱

秋夜的风灯

只有在风中才能将往事之水摇曳

这盏游移在秋天之下的风灯

一座小小的王国就是抵御风与黑夜的堡垒

夜色中的树木、庄稼及山峦围你而建

我曾经在一万次的流水冲刷中向你靠近

也接受过一万次因冲击而带来的温暖或战栗

你是分离也是接近

是悲伤也是喜悦

在这片被露水浸透的山地

我看到了冰凉的爱恋

以及隔世的亲情

即使我的须发皆白

你也是大风包围的玻璃房子

一到秋夜就会有人在轻轻走动

月亮漂在渊子河上

如同沉睡的天鹅落在水中
多少年月亮就这么漂在渊子河上
如此辽远的目光穿越尘世
这团白色的火
曾无数次在暗云之上安慰我
在燃烧中传达上天降落的神意
比深埋在河床的老人更为平静
比两岸种植的庄稼与人口睡得更沉
月亮无声
流水也寂寂无声
隔世的羊群正在安静地生活
仿佛多年前遗失在河流的面孔
如果不是牧羊人垂下这遥远的白色鞭子
我在一秒中就会受到无数次水流的冲击

风中之烛

石质的烛台上长满了苔藓
雪从秋天开始蔓延
往事的火焰
淹没在道路千回百折的深山里

如同风吹败柳
多少年大风就开始吹打这座木头房子
黄昏时你困守门内
回忆某年度过的一场盛大花事

转瞬间池塘就慢慢溢出了最后的水滴
这是大雪封山后的炉中余烬
苍凉一片曾经温暖的红木林子
我双手的力量太过微弱
无力扶住这株大风中的小小树木
落日山丘里渐远的身影已经千沟万壑

在县境中漫行

只是山峦及河流设定标识
种植红薯的土地以外都是边界
我不关心目标或者方向
也不关心在哪段歌声中流浪
这座县境内都是我的故乡

在老河流里裸体洗澡
在母亲的眼睛里
一点点老去
我的疆域不用过于宽阔
这是被阳光与雨水垂青的土地
狭小的面积足以丈量身体
在县境中漫行
如果我的双脚不是一件陈旧的包袱
那就是少年时叠放在枕头下的自行车

柿子挂在秋天

秋天即将腐烂

秋雨已经到达南边的一个山村

一场酝酿已久的婚礼将被淋湿

这些小小的心脏跳动在北方的原野之上

如同飘摇在烛光之中

在危崖之上唱歌

半夜里深井打水

这迅速的红色美丽让我步步心惊

我站在秋冬之间的山谷中凭吊

感受着速生与速死

红色的柿子悬挂在秋天之上

让我暂时享受生死的对比

这是北方山丘上的最后一树火

脆弱的明亮击中了我的悲欣

思乡曲

这些指头具有暴力的美感
所有的山头被有序排列
我被淹没在松林的深处
看到这支曲子星斗一样在天空展开
潮水从最低的山地向天地玄黄处蔓延
在旧城垛上踱步
使山峦弯曲
让牵牛花的光辉爬满篱笆
太阳一滴一滴融化在远方的青石墙上
这些宫商角羽从北山以北而来
在向阳的坡地遍植了越冬的庄稼
我知道不需要放牧马匹
不再逃跑
而是在这里幸福地老去

道路通往春天

这是我持杖而行的归宿
曾无数次使我心尖弯弯
在家乡土地铜的基因中
这是我希望保留的唯一种子

一千名童子打着灯笼
随意地开在洒满春天的路边
只有这张孩儿面的花朵
才会使我在幸福中沦陷
祖先的根系晃动着北方
大河两边的歌声在不断接力
这是春潮喧哗的声音
我的花白须眉不会在村庄里寂寞地开

牵牛花的阴影

秋天的下午舒展羽毛
将自己倾倒在一场盛宴的尾声里
受其暗示
我开始回忆那个下午的一朵一朵的牵牛花
是如何将这片山坡开得烂漫
祖母是如何牵着我的手
捡拾起秋天遗留下的稼禾
用长长的竹竿打枣
又一点点隐入牵牛花的阴影里

这些年牵牛花是唯一清醒的钟
即使在夜晚也会敲响
牵牛花开在童年就是一盏盏忘忧的酒
而现在我已经恍惚
一地满眼都是隔年的残雪

山路尽头的寺庙

与我相隔一念之间的距离
寺庙总是隐藏在山路的尽头
它远离村庄
离我更远
没有一株桃花探出墙外
如同山林深处的火焰
温暖我的双手
成为迷路之人的引导

必须借助深秋最后的闪电
扫荡北方寂寥的原野
我才能通过尘埃遮蔽的道路
触摸到这座山寺的边缘
如同穷尽一切才能看到
漂浮在山峦波涛之上的那缕阳光

明月照山岗

明月高照山岗

如同悬空的庙宇

在丛生的松林中照耀

唤醒坟茔中的亲人

升起隔世的炉火温暖我

满山的风声吹动一盏透明的杯子

我看见树木的骨骼浸在酒里

这明月高悬

谁在天空中骑马

谁在深山古寺里念经

这月明之夜适合怀念

只有在暗夜里我才能与故人相逢

如果往事不是一只夜晚落枣惊飞的白鸟

那就是月亮在山岗上留下的暗影

麦地里的流浪者

与阳光一起呼吸

我穿着大地的鞋子

在麦地里奔跑

众生之中流浪

如同在北方荒野中漂泊的河流

激起泡沫一样的雨水

麦地的守护者停泊在天上

五月的天空把他照成一面巨大的镜子

他看世界如同流动的金子

我是他有生之年种植的粮食

不是随意丢弃的种子

守住这个节气

我就能用大碗喝麦酒

倚着麦地边的白杨树午睡

仿佛枕着一株通往上方的天梯

老屋墙上的蓑衣

那件羽毛曾迎风飞舞的蓑衣
如同在雨水中受伤的草鸟
静静地栖息在老屋的墙上
游泳的人溺在水中
遮雨的蓑衣被雨所伤

我的恍惚落在了蓑衣的阴影里
一只小鸟无论是飞翔
还是回忆
都难以逃脱这种雏鸟时的依恋时光
一缕阳光穿门越户
照亮了老屋里灰尘的舞蹈
这件蓑衣身披人的姿势
你看到的是一件蓑衣的死亡
我看到了它的虽死犹生

超　度

所有的记忆都浮现在香火的顶部
比呼喊更高的声音被压制在内心
为了迎接这次重逢
全家特地求助于道家的全部法器
用仪式来增加力量
使亲人从六道轮回的沦陷中挣脱出来
两旁的观者一脸茫然
这是两套不同的语言
没人相信能够在隔世的深河中捞出一片飘荡
　　的叶子
如同电光石火般消失的阴影
联系阳光下曾经的投影者
你知道在祈祷中应当放飞哪种颜色的纸鸽
狂风的战阵再为巨大
不能折断比春草更为纤细的感情

挖红薯的人

现在是阳光茂盛的末期

荒凉将要来临

秋天原野上的白草

开得比雪花更早

露水打在红薯叶上

每次霜花降临前都有暗示

挖红薯的人还在奋力与土地搏斗

他知道红薯的力量就在根部

挖红薯的人节奏仿佛祈祷鼓点

九月我和你曾一起守望

我们一起大碗喝地头的瓦罐豆汤

晚上我们把红薯变成月光下晾晒的白银

这些风灯照耀下的富足

使得多年后我们从仇人重又变回友人

晚秋雨水中的山村

晚秋的蓑衣沉重

雨水开始浸透这座南山之南的山村

二十四节气中的少女表情生动

它使白杨的青春一夜之间变得半黄半绿

为雨所动

我不由想起少年的一些往事

雨水是如何漫过山坡

一点点淋湿我脚下的坎坷路面

炊烟是如何从屋檐下探出身子

如同祖母佝偻着身影收拾红薯

以此作为冬天宝贵的粮食

在我多年后的恍惚里

这些成为连绵不断的水银串珠

在杨树林里敲打着空空的鸟巢

在轻烟的山峦顶上静静踱着步子

夜空下的煤油灯

如同老旧的屋顶守住茅屋

这些煤油灯火与玉米堆积成小小堡垒

围我安居在村庄的中心

牛在安静吃草

轻轻打着响鼻

幼猫在梦中丈量着母亲的体温

秋风包围的灯光之下

照亮我幽蓝的梦境

屋外有白狗经过

月季还在吐露着芬芳

就这样你陪我趟过黑夜之河

这些小小的灯火

纤弱的双脚穿过窗户外的夜空

这样的夜晚我一掷千金

五月的麦子

一千匹野马也不能扫荡过这片黄铜的土地
秋风还在比遥远更远的地方栖息
麦子，这片土地的大儿子
在一生最好的五月翩翩而来
他要迎娶一位眉目生动的女子
麦子们身着黄金甲胄而来
这些绿林中长大的好兄弟
他们互相捶打并喘着粗气
白杨树的荫凉不再需要
要活就活在自己的热度里
五月麦子的祖父还很年轻
他们一家都是村庄里滋养出来的孩子
五月的麦子还不会深沉地流泪
五月的麦子不知道将要倒在自己的影子里

大　地

黄昏中大地生机浮动
使我们暂时忘记了曾经的荒芜
这片遥远的土
分开海水与天空
淹没过无数的人群与飞鸟

这是沉默的故乡的斗
不断筛选出可靠的种子
以及遗失在天空两端的靴子
黑土地，红土地，黄土地
都是我失散的母系一族
我们聚集在一起
喝着多年前的米水
听着亘古不息的歌谣
围着月亮之树舞蹈

十八岭

回忆之鸟低飞

落在十八岭道路两旁的白杨树上

被其惊起

我不由想起当年青春开满原野

野花居住在青草的小小巢里

没有车马喧哗

那条乡村小道就是你破旧的鞋子

你翩翩向我走来

像梦境中无数次的那样

那是一个雨后的早晨

阳光一缕一缕穿过树叶的雨珠

你眉目生动带着初夏的气息

我当时年少无知

不知这一瞬将成为永久

向日葵的光辉

万物收敛光辉
将自己放置在秋冬之交的流水桥上
阳光最盛时留下的一株向日葵
一枚手掌就是全部的温暖
向日葵缓缓转动着身子
如同暗淡田野上的黄金
这些遗世而立的招魂幡
穿越远方山岗上荒凉的树木
它的语言只有最近的亲人能懂
我张开双手
紧紧围聚一盆瘦弱的火
这些黄蕊照亮着最后一段道路
此时可以无限接近村庄的秘密

童年的星空

那时星空并不遥远
沿着墙边的槐树就可以攀援而上
夏夜天空之上的星斗明灭
一点一点照亮我家的后院
那时整个星夜都是睡觉的大床
我将自己深眠在一片麦草垛里

童年在一场夏天的暴风骤雨中疾驰而过
碾压过蝉鸣以及冰冷的流水
如同在原野驱动夜马
掠过人头攒动的高粱
留下我垂着空空的叶子
在草木折断的声中
在古老的星空下
寻找丢失在池塘边的一只鞋子

金银花开遍山坡

四月的太阳温和
金银花开遍山坡
这些素雅的小姐姐
让藤蔓的秘密长在自己秀美的腰上
四月的阳光把我晒成一张薄薄的毯子
我不愿意比一丛灌木长得更高
那么多的星芒闪耀在山坡
你们的喧哗掩盖了我的孤单

这里的坡度平缓而安静
这是埋葬树根与青草的好地方
我在野猫的爪子上努力清理过去的痕迹
徒劳在这座往事的山坡上挣扎
花开满眼如同一朵朵小小的火把
一瞬间温暖了我历经多年的忧伤
如同一根松弛的绳索

麦地里的守望者

二十四节气的众鸟之一从远方飞来
带来永昼的河水
将自己的巢安在麦子纤细的锋芒上
一百个邻家少女载歌载舞
在白日光清洗的大地面孔里
一起享受这巨大的麦田盛宴

麦田的守望者远在众鸟之上
在我们能够想象的九天之上
他驾着四轮马车巡回在群山之巅
使得我们能够承受麦子成熟的饱满
以及大地被收割后升起的荒凉
没人告诉这架马车将驶向何方
一只麻雀紧随这巨大的光芒飞行
远看如同瓦蓝天空下挥舞的手掌

遗失在济南的小巷里

那年夏天的雨水充足
那条济南小巷的幽深如同梦境
我曾数次幻想过的桃花源
衰败如一把破旧油伞
那些墙壁上莫名的符号
比雨中小巷更让我迷失
我看不到那株曾经盛开的紫丁香

我的力气逐渐微弱
无力将你拯救出这段长长的小巷
它过于幽暗
遮蔽了我回归过去的道路
这里是楼阁、平房和院落组成的大海
我用尽力气呼喊
如同一个濒临溺水者

烟草地

必须种植在村西的石田里
这座遗世而立的瓜棚才能被我认识
瓜棚边缘的烟草地
必须有祖父的劳作才能获得意义

回到一片烟草地不需要区分时间
多少年祖父都是在种植那一幕
夏夜晨星中微带苦涩的烟草
我看不见祖父隐往何方
悔恨的种子总是洒在暗处

祖父总是在弯腰侍弄着烟草
如同照顾这些能够遗传情绪的后代
越过他的头颅
最后的阳光逐渐熄灭
无比硕大的青山正在升起

夜 雪

这些白色的雪从最黑的夜晚降落
如同时间的尘埃
从我们少年恐惧与漂流的躯体掠过
留下利刃斑驳的痕迹
我看不清雪花来自哪里
只能感受到内心的青草被雪深埋
冬雪沉重地落在我的头顶
疾病、饥饿在这弯曲的穹庐上
不断发出金属的回音
这必定是千里之外
有人和我同样承受着如此沉重的落雪
作为时间的仆人
我们必须仰望这垂直的天梯
这蕴含无数变化的落雪之夜
使我们肉体轻盈存有万一的可能

乡镇小店的镜子

蒲公英飞过
这被代替的飞鸟
比真实更加沧桑

只要是光或者其黑暗的影子经过
正午时刻或者凌晨三更三点
我都是被俘获的那只昆虫
上天无路入地无门

这座小店出售着尘世中需要的物件
舌头失去了痛感
无法与之进行交易

在情感之镜中梳妆
我找不到自己形象的坐标
从陈旧的时间台阶走下
如同一根松弛的绳索

在青石院子里沉睡

风被柳树招来
一只夏日最盛的鸣蝉
身披银白色的星芒
仿佛少年天生自带的祝福

敲响樱草的花蕾
这精致的小小房子
日上三竿
太阳照在青石墙上
我在院墙内的决明草中安睡

时间在一根丝瓜秧上
闲散地摊薄
如果不是饥饿
这座青石院子里长满了青草
我也不会苏醒

女 鬼

我不敢放弃这些虚幻的想象
万物辽阔
在北方群山花的深处
我们逻辑的触手无法深入

她的眼眸如同落叶
黑暗中看不见叶脉
只是如同锯齿犁过我的布衣
飘在身上我就疯了

这夜色是如此光滑
悬挂一面阴阳之镜
两只夜蛾飞行在玻璃的两边
这里有翅膀无法抵达的绝望

异乡的雷声

雷雨到来之前都会有片刻的宁静
野玉米的颗粒高过天空
篱笆外的池塘淹没了房屋的一角
这里是一面巨大的声音之镜
千里之外应有回声

距离最近的必定不是我的旧园
我的双脚踏着一根浮木
斧子日复一日地砍伐
炊烟长久地被晚空劫持
它在异乡尖顶建筑上巡游

只有虚幻才是真正的家园
只有门前的神
以及屋顶上滚滚而来的雷声
才能让我建造自己的海市蜃楼

八块石村九号

月亮租住在天上
村庄租住在城市的边缘
这座小小的院落租住在八块石村九号
临墙的杨树租住在院子里
我们并没有租住在对方的身上
曾经梦想花开持久

我们曾经在三月里心花怒放
将自己的身子点缀在飘摇的风筝上
也曾经穿越城市边缘的坚硬土石
努力长出嫩绿的枝丫

现在城市已经淹没了这座村庄
回忆之树飘摇
在往事的炉火中烤手
在星光的山坡上听秋虫诉说心事

月亮之歌

我曾经七日七夜不眠不休
围绕一株黑暗之树舞蹈
这株树的心脏就叫月亮
在水之上你是无言的春之忧伤
在闪耀的群星之上
你是青草初生的面庞

这么多年来我一直打造通往你闺阁的木梯
我把舞蹈当做祈祷
把歌唱认为是连接未知之人的声音
这月光还是空空流淌在无尽河上
你是守夜人遗失在旷野的镜子
月亮，这悬浮在天空之上的黄金
你的孤独远高于我
我是你流落在大地的影子

听 潮

我在危楼中等待潮汐夜的来临
如同等待多年前的约定
在每一次潮水的暮烟中
我都会成为迷航者
我只是在等待一场通天的潮汐
等待一件巨大铜钟的潮音
在最深沉睡眠中敲响
带来飞鸟从花朵掠过的声音
召唤海潮中漂流的幸存者

夜行人就站在莫测夜潮的山头
在没有没顶之前
我们彼此保持沉默
他不会把我惊醒
我也不会把他惊醒

正　午

白昼的洪水袭来

顺着正午的阳光垂直而下

我猝不及防

一粒一粒灰尘组成透明的幕布

将万物晾晒得毛发毕现

尘世的镜子过于光滑

甚至飞鸟都无法停留

一只微小蚂蚁无论是匍匐在土里

还是奔波在永远的路上

都不会留下多少阴影

这是华丽高音的顶端

悬浮在时间的正午

如同一道一瞬即逝的闪电

下一步就是比深渊更寂静的黑暗

乡村集市

这是一个唢呐吹响的乡村群落
在其顶端
集市成为那些年唯一的高音
赶集的人在收割完五谷之后
暂时不再收割自己
从青石的院落出来聚集
如同寒鸦围住大树的篝火
这座集市就成为村庄的中心
他们穿越粗糙的山路而来
在一座石板桥下洗脸
围绕着集市中心无规则地巡游
风从四外集结而来
从街道上滑翔而过
每人都需要有一次为自己跳舞

纺 车

这架纺车有魂灵吗
如同所有古老到有生命的物体一样
它是否在身体被蛛网密密封锁后
让自己从陈旧的框架中站起身子
如同纺线的人舒展一下腰肢
使曾辗转于灶台上方的炊烟温暖起来
半夜的灯火再次光临那扇木棂窗户

我不能说草木必定成灰
黄昏也不能注定挂满尘埃
我愿意保持一扇悬浮之门
等待这些纺车被焚毁的一刻
所有的灵将运行于水上
使得这些悠长不断的声音
填满破旧纺车中暗黑的空间

早春的飞鸟

这些飞鸟掠过春天残雪的上空
它们的速度
超过尘埃落入无垠

这些不间断的轨迹
将日月星辰、神与梦想连成弯曲的线条
在那些运送秸秆的普通农夫
与泰戈尔的眼中同样动人
日月落下
这些会飞的心脏努力升起
我逐渐沉重的肉体

飞鸟在天空的道路上
我在尘世的道路上
我们之间有峭壁一样的距离
只有虚空才能弥补这种落差

宿命的方向

月亮开得盛大而静寂
所有在月亮下行走的魂灵
都知道他们的归途
影子重叠着影子
无论谁的道路都是如此重复
无论平行或者互相交叉
即使重来也会如此选择
没有什么能够阻止光阴在人们脸上逐渐变暗
我们都被施加了魔法
只是不知与谁签订了约法
时间本身就是一次无尽的漂流
老年本身就是一种宿命的监狱
里面住满了死囚
我们所要做的是如何度过黎明

毛驴车

黄昏之潮翻滚
赶驴车的人被深埋在陈旧的土中
越过青苔的院落
我把那头拖动村庄的毛驴挖掘出来
将那条粗糙的土路重新铺好
让这辆瘦削的毛驴车
一步一步爬回碧绿的山坡
带来种子和稼禾
我会为那座石头院落加盖上草棚
让这头衰老的毛驴遮风避雨
雨水连绵中我不忍听见它的叹息
我是村庄遗弃的农夫
如同那头毛驴丧失了语言
只能相对默无一语

雪 国

在世界的另外一端
我特地搜寻你瘦小的名字
在我们之间有细水相连
在清晨的花朵中
静坐着纯情而寂寥的阴影
这是一切生长的根木
如同松树林里埋藏的宿命

把我们抛弃的都是归宿
遗忘的都是牵挂
虚幻的真实每日都在生长

雪花本来都是长在天上
我在雪国仰头看雪
抚摸这棵冰冷的虚空之树
魂灵的银河倾泻在我的身上

野 树

曾经包围我的这些野树

陡峭的鸟巢

阳光的过滤者

在割裂中我的思维显现出混乱的色彩

我曾经居住的这些野房子

灵魂的安慰者

在时光遗忘的阴影中

死亡与生命以同样的步幅延续

我们这些野孩子

荒野的迷途者

当一切被黑夜淹没

飞鸟不再是一片片贝叶经

除非将自己燃烧成火把

不知还能向谁问道

等待风雪的号角

风雪，让一个夜归人变成踉跄飞行的蝴蝶
这使他忆及有人守候灯火的时刻
心中长满青草
那是转瞬即逝的我
在通往海市蜃楼的道路上
风雪尚未将梦想与飞鸟的轨迹勾连
在原野中沉睡比行走更像是一种本能
只是等待风雪的号角将我叫醒
在风雪消融之前
我应当在身体内为它们提供一间驿站

故乡的风雪不是生人
这是一种长号的启示
我们互相凝望
并因此而分担恐惧

寄 托

与谁相逢都没有区别
都只是平行的行走者
纹线中没有交集
只有流淌在同一条从上至下的河上
千百年后岸边依然有人
认出我们跃起的波浪
在鱼的味道中独一无二

谁的嗓音也不能
穿过我遗留在原野中的耳朵
在我的墓志铭中
只有你和我的诗书是真实的
如同肉体对于血脉的认可
这种家族之树潜能的寄托
不会因为死亡而孤单

尘 埃

所有要来的须弥山或者芥子

都不过是一粒尘埃

这是能够勾消我苦难的瓶颈所在

曾经藏在少年奇幻漂流的脚上

如果放大无数倍

这些尘埃曾经如蝴蝶般舞蹈

让我误解了瞬间与永恒

我现在懂得这些小的事物

都易于消逝

让我明白凡间事并不值得

这些细微的抚慰

松弛我紧握的敌意

让我站于魂灵的高处

低于凡俗的卑微

旧　园

我当年的涂鸦
深夜或者正午的招魂符号
指引着某日远行的魂灵回归

上升的炊烟充满诱惑
总是期待奇迹还是埋伏在旧园
希望往事只是玩笑的烟花
消逝却是一口清醒的陷阱
藤萝梦搁浅的时刻
这座旧园回荡着
不真实的歌声

旧园的这些丝瓜花
如果再白些
我就不要翻山越岭
到北地去看雪

经过小学的围墙

手指接触到的都是不真实的
我不知道经过这座围墙的人
是不是我自己
我小心地确认一朵当年南瓜花的味道
如同盲人触摸一盏灯

在那棵静止的白杨树上
我看见白色的马鬃一闪而过
这里的恍惚
手指也同样接触不到

风吹走多年前
正反面反复写过的文字与数字
这过于细小
使我的眼睛疼痛
忽略了来来往往的少年直至中年

月光裁剪的人

从黑暗的树林遥望灯火
那条路多少年前走过
走同一条冰冻的土路
穿越同一条河
折叠的月光下
西风用颤抖的声音
在白杨树上弹奏同一架竖琴

那条路走过了多少年
还没有走出那夜村庄的荒凉
不管有没有雪
雪是否在手指上留痕
只要少年时在冬天月光里行走
独自穿越一条河
就是一个被月光裁剪的人

桑葚树下的光阴

只有虚空之神才是真正的主宰
下午半边悬空在桑葚树下
光阴里不需要增加调料

蝉在树枝隐秘处高歌
随风而逝的事物
双翅比我更加明澈

七星瓢虫无序降落
帝王也是如此驾临后宫
如果减少一点世俗
这个下午将会更加灵性

老屋的尘土堆积上另外的尘土
院子里停泊着去年的农事
石椅与阳光倾斜的角度恰好
不需要更多的轮子

锦衣夜行

有夜鸟在石头林中偶然低鸣
声音溅起不眠的青草与露珠
被流水收集的半夜之光
从地上种植到天上
这个时刻失眠的人
上升到荒凉村庄的屋顶高处
复活的木头春天里惹下灾祸
我在后半生的冬天院落出走
想着前半生的心事

华美的袍服都是月光的幻影
事物隐藏得深沉
种子饱含雨水
锦衣夜行者
在松林中寻找埋藏的宿命

深水流

我们眼睛能够触及的东西可能并不存在
离我们最近的注定都是浅水
只有最敏锐的鱼才能察觉
这种深水流的不动声色
不同于预知雷电后的雨声
最重要的语言存在于
死亡是否归来

落叶过于伤感
不能从此岸摆渡到彼岸
那些复活的石头往往沉没在水的深处
这些辽阔的流水
专门用于盛放最深沉的事物
或者是最深的祭坛
供死亡转灵

往事的陷阱

在逝去的琐碎事物中
越到黄昏越是纤毛毕现
如同正午也是如此舞蹈的尘埃
我怀旧的脸庞深藏于一件斗笠下
这种疼痛
再深沉的手指也无法触摸

风终究要将谷物吹到谷仓
老人被炉火收集
他们与我一样
曾经都是盗火者

邻家孩子下一季将长成齐腰麦子
我则落花流水
站在高高的山岗上
无可避免在往事山谷中陷落

涅 槃

在一粒沙子里可以看见
在一只花朵里也可以看见
一滴露珠熄灭了心中的猛虎
玫瑰的香气高不过飞鸟
泪水溅不起雨水的声音
悲欣事不过是凡间事
生死事都不值得

内心沉睡的隐士准时醒了
这些预言的主人纾解了黄昏的焦虑
时间在一根弯曲的藤萝上九九归一
夏季鸣蝉不再是转瞬即逝
那些明澈的翼翅
摊薄了诸苦
万物辽阔里可以供我们阅读

春天开雪

这些雪花的谶言春天并不知道
早春的雪花族群本身就是一个独立的国
春天只是开来一辆崭新的灵车
顺带惊醒了沉睡的衰老园丁

事物的秘密事物并不透漏
在深锁的群山
以及花园里沉思的石头
不同地方春天落雪存在不同

雪开在春天
比老去的木头更易腐朽
蟋蟀与昙花也一样
这些事物的持久在于
它们的内脏与乐器，皮肤与香气
都曾经历过短暂的春天

杀死那只知更鸟

夜陷入了深沉的迷谷
知更鸟就站在屋顶
如同一位得道之人
端坐在人间烟火之上

这些被本能推动歌唱的布道者
在鱼鳞般的陡峭屋脊上沉思
在一堆互相牵连的瓷器上奔跑
完全不怕歌声引来夜晚风暴

在屋顶之下
有的人陷入沉睡
有的人在装睡
还有人用眼神合奏
杀死那只知更鸟

西 风

这些盛水的木桶滚过陡峭的天空
最长久的飞鸟从西天而来
这是园丁打开门扉的呼唤
耳聋者长出声音的竹子

无边黑夜的叫醒者
整个天空之城都响亮着你空旷的嗓音
这些常流水来自上方
我的双手无可阻挡
为什么神灵在上升
黑暗在下沉

整个世界都在计算之中
站在仙人掌的花上
西风的梯子节节升高
雷霆熄灭时就要翻过须弥山

日出以前

没有淹没的头颅都将会幸存
日出之前我和鸟兽之间
隔着一层薄如蝉翼的墙

花园里的蚂蚁趁着黑暗
搬运神灵退隐的剧场
地狱的房子空空荡荡
麦芒的刺上谁在赤脚站立
在没有结束之前
一切都是过程

夜行的灯火将被露水浇灭
所有易朽的与坚硬的事物
都在这黑白之间进行交战
这是最喧嚣的沉默
足以让昏厥的人苏醒

燕 子

你们只是老屋屋檐及场院最普通的闲人
我那时看不到更远
甚至不会替你们设计飞到麦垛或者河边
每个族群都有他们自己的禁地

这些小巧而萌动的燕子
每年在迅疾的三月低低高高地荡着秋千
每看一眼，这些悸动都碰撞在我的心尖尖上
这些小小的跃起与降落
阳春三月里唤醒我童年稀疏的温暖

只是如此的感觉那些年我没有看懂
我不像燕子
有那么多的黑色相同面孔可以重复
平常没有人关注
多年后流露出令人感动的美

集市上的说书人

一张口你已经成为永恒集市中的布道者
事物不再隐藏在事物的中心
芫荽和咸鱼散发着相同的味道
土块的眼睛里长出青绿的草

在那棵树下我们共享一亩的土地
你说到童年触手可及的仙人
说到黑暗顶上光明的火
那时我的心里还埋藏着不死的秘密

所有在我身上种树的人
必定不会辜负
只是那些鼎沸的夏日
花开花谢过于迅速
那个本来以为不会老的说书人
针的光芒刺中皮肤一样倏然远走

春 天

将所有的悲伤都变成了短歌
这魂灵中的抚慰者
适宜我悼念逝去的花车
死者都愿意为之睁开沉重的眼睛

渐次的花朵都是我们轮回的影子
我们只是无法准确辨识自己
这原野中的诵经者
将万物的空茫打开
我是遗落在春天的面目模糊的种子

如斧的冬天砍伐过去
家族之树逐渐稀疏
我成为倒数第二层的树皮
如果可以选择
我宁愿选择在春天里老去

野 菜

野菜与童年其他事物并不遥远
一面是温情
另一面是凄凉
如同我一样都是眼含青草
脚生石块

我必定不被坚硬的村庄所收留
四周紧闭的院墙内
一缕炊烟见证了速生或速死
没人看见这里有一扇垂直的门

与我一起在原野里搁浅的
必定是孤独的野菜
这些流浪的亲人
结满了不知所往的种子
晚年我听到了一声坠落的轰鸣

忽然闪现的桃花

如同冬日困守老屋
我被炉火所采撷
春天里最大的陷阱就是一朵朵桃花
在邻家小院闪现就是一种巨大障碍
一万匹白马到此也会沉默不语

没有声音仍是抚慰
没有温度仍是火焰
就这样灼灼地燃烧在荒凉的西山
隔代的孩子都会感受到恩泽

那时我还在桃林中奔跑
不知道桃花也会朝生暮死
为什么现在我还是对桃花执迷不悟
同样都是坠落
为什么你的肉体越来越轻盈
我的肉体逐渐沉重

白山羊

一群白山羊从黑色的山石上走过
如同一缕缕从黑夜中溢出的光明
比黑夜更永恒的事物都不能染黑他们
比世俗再高的尘土只能到他们的脚趾
这是一群遗留在人间的神

这些白袍的僧侣
面容平静不发一语
他们走在崎岖的山道上
生和死站在一寸长的树梢
紧密跟随就是坦途

这个世界还能相信谁
所有我信仰的都飞升到天上了
抓住这些透明的角及纯洁的羊毛
我最后的宝典就是这片通天的云

沉 思

独坐在光的背面
我就是一座空空的城
在枯死的葡萄藤上长出枝叶
在破旧的陶笛中听到故乡的瓷器声音

日落是涂抹的意向
沉默不过是静止的语言
蚕在桑树上啃着桑叶
这里的薄暮适合做丝
我的思想不再小心翼翼
不怕奔跑的脚步震落树上的枯枝

我沉思的翅膀栖息在一片沾露的草叶上
这些透明的翕动不管后果
一场风暴自燃到了头顶
如此巨大的手

扶住我的恍惚
等我在沉思中醒来
这里将变成废墟

夜幕降临

在天空的背后
这里正游移着中年到暮年
只要日月星辰的规律不会更改
这无处不在的羽翼必定降落
为何快到暮落
困惑之门声音未开

我从恐惧中来
从犹疑中去
在夜色中我将与神明或兽群为伍
我不知道这尘世的画布值不值得挽留

我将去须弥山前召唤风暴
每次暮色轮回都是一场朝拜
夜色荒芜里隐藏着等待生长的植物
等到夜幕全部落下我就开始点灯

作为一只碧绿的青蛙

河流不再是思维的缰绳
树木不再是逻辑的困城
躺在故乡河边的浅草里
我就是一只碧绿的青蛙

我累了
曾经飞行九万里的风暴
此刻正收起翅膀
栖息在我困倦的眼睫上
那云端闪闪发亮的金顶
已经不能点燃河里尘封的木炭

周围草的芬芳比我高
木头的欲望比我更高
细沙和六月将我淹没
我是一只逃脱形式限制的青蛙
如同提前降落的预言

村 夜

回避落叶的人
正静坐在灯影的落叶里
躲避黑夜的人将成为夜行者
恐惧死亡的人将成为死者的一部分
我从村庄出走
村庄最终成为我夜宿的亲人

村夜是神的道场
再深沉的夜也有不眠的人
夜鸟是报送信息的使者
只是无人能懂
远处的山影是神的栅栏
我不得而入
在无边的村夜里
必定隐藏着无人知晓的秘密
天亮后就烟消云散了

寂静的山地

唯有一只蛐蛐在鸣叫
露水悬挂在牵牛花上
羊在更远处的河边吃草
寂静使雾气发蓝
谁也不能淹没山地
寂静是这里的主宰

如此寂静
使人忘记了山地下的亡灵
夜晚中他们沉沉睡去
没有神谕就不会重新苏醒

如此苍茫的群山
神将栅栏铺陈在四周
寂静的山地足以抓住每一只野鸟
我们从来没有征服过这里
只是被埋葬

乡村医生

乡村医生是农村的一座菩萨
是山地干渴的水
这水来自竹林中
患病的人开始祈祷

那个中药橱子里布满神秘的巫术
木病床上生长着低垂的叶子
他的诊所就是一座祭祀的瓦房
当他离开时
祭坛上的火苗与四周一起暗了

乡村医生是我的姑父
他的新家遥望着旧家
他的梦境摇曳在我的梦境
来年早春他的新家屋顶就会开满黄花
这是周围山地唯一的亮光
有一种温暖无法表达

孤独的牧羊人

月亮敲打着坟场
西风是无边山地的过客
孤独的牧羊人就是一个羊群
这唯一的生命之水
在黑暗的山地浮起浪花
山地不再干涸

在天之上你就是北斗之尊
在荒原上你就是羊的王
无言的牧羊人
在水之中被水困扰的牧羊人
为什么我看到你的鞭梢总是浸满露水

牧羊人
你有群羊可以偎依或引导
我是月亮遗留在人间的影子
我的孤独远胜于你

感 怀

蛐蛐在秋草中沉思
我在草垛旁歌唱
镰刀被阳光洗得闪闪发亮
我们都是被收割的一群

这么遥远的山地伸向平原的交界
恍惚到只剩下一棵柿树
我就寄居在那唯一的红柿之上
看远处山路的人与日光奔波

恋恋不舍的旧时光
草色青青的老路上
过去的过去
未来的未来

南山花已开

南山花又开
这些虚幻的燃烧
在无人处抚慰
那些青春年少的花
开在青春年少的头颅

更远处曾长满麦苗
越是到夜晚越紧紧依偎
夜晚是一座巨大的谷仓
我不想孤独地被收割

风从山岗吹过
野花在高处诵经
麦子被吹熟了一茬
在我的指缝和眉梢
缓慢而迅速地坠落

五月的野花

我和山坡的野花遥遥而立
隔着山谷隔着洞开的窗户
我们近在咫尺却看不见对方的眼睛
如同至亲
不到春风消耗殆尽
我还没有学会爱与珍惜

这些山坡的野花
搬运喧哗
也搬运海洋
如果不是童年深陷于一场长久的忧伤
我不会求助于这些季节的弹性事物
每年一次淹没我的双脚

山外车来车往
山里人来人往

漫山的野花照亮星辰

五月啊不要远行

谁也不能阻止我拥抱这些野花

谷仓里的猫

行李被存放在马厩里
马也存放进去
刀子锈蚀
就让它在昏昏欲睡的空气中锈蚀

只有群居的生活才是真正的
这些猫温暖而内敛
它们比我更明白
孤独而傲慢的一生
作为抚慰
猫在老去时要安放在一起
如同寺庙收留一些终生辛劳的人

这些谷仓是真正的寺庙
都是将收割作为一种仪式
猫知道在哪些特定的节点献祭
最后将自己置于温和而紧密的谷粒中

荒凉的山村

那个守群山的人在山顶牧羊
他俯视的孤独就是一人独悬万物的孤独
那些被淋湿的石头如同静止的心脏
一座村庄被雨水浇得苍凉

我的肉体曾经共生在这座山村的腰上
四周是粗糙的土地及高低的山岗
我和我的麦苗如同火苗
如果没有经历青春欢畅的时刻
就无法想象这座山村的荒凉

我的繁华及荒凉坐在同一块石头
我的肉体随着村庄空心成一枚果壳
我的干渴紧紧挨着一株仙人掌
是谁告诉我
有多少繁华就有多少荒凉

星光下的群山

沿着群山的曲线落下来
神的眼泪就是最盛大的辉煌
不论是星光还是群山
都是我少年遥远的宫殿
不要说什么是天庭
什么是地藏
升与落都停留在一片叶上

什么是王侯
什么是凡夫
星光与群山其实都来自同一故土
牵牛花是尘世最值得牵挂的美好
一只蝴蝶的翅膀是我最难飞过的忧伤
不论是功名还是尘土都不分新旧
星光只是在群山之上缓缓流淌

人　性

多么巨大的雷声和雨声
就生长在人的肉体之上
平静的面部下面就是争吵
因果永远隐藏在内部

这如同命运一样乍隐乍现的闪电
不知它将黑夜之水引往何处
多次幻想雷声过后的奇迹
月亮里可以种植庄稼及建造家园
见过无数的月升月落
从来没有获得一次庇护

人性是深不见底的深渊
迷失于陡峭的黑夜
如同壁虎孤独地悬在半空
没有谁可以真正获得救赎
爱与恨背靠而坐

五 月

我确信五月生长着神性沾湿的叶子
这些青葱让我沉迷
岸边白杨是树下青草的守护者
在比黑夜更深沉的深水库边
成为照亮水面的白色的光

五月花未眠
人未老
丘陵连绵的野花值得露水沾衣
无论是雷霆还是闪电都还在远方
这座水库的小岛足以守护我不安的内心

五月里蒲公英顶着一头白絮
我背靠一座养老的白色院子
黑夜变短
白昼变长
中间居住着我生命的白色鸽子

我与故乡一起陌生

我与母亲坐在门槛上
门前杏子青青又红
离家多年还保持着这个姿势
以前回家每次提到谁家添了孩子
现在母亲更常提到谁离去的消息

一位熟悉的山羊胡大爷
多少年前黄昏的晚饭前
我们坐在大门前的石板上絮语
多少年我忘记了他的消息
忽然听到他的大儿子年老病危
我不敢问母亲他去了哪里

新生的我都陌生

离去的我都熟悉

每一个熟悉的都是我身体的组成部分

我越来越面目全非

无法辨认自己

破晓的声音

我和神灵只是隔着一群鸟的声音
在高高的槐树之上
是清灰且高冷的昨夜余烬
星斗都又离我而去
不管是否愿意醒来
我的双脚都要再次踏上尘世

东方既白
这些破晓的声音
落在哪里
哪里就有倒塌的圣殿
万物都回到万物的窠臼
天堂上的露珠降临在一朵牵牛花上
经书从书架中掉落
仿佛是神要离开的声音

命

河边淹没了的水车是命
蒲公英的白头也是命
无论是水还是白头
都将是流失的一部分
不管是成为大水还是大雪

月光打在空空的棉花地上是命
异乡人迷失了故土是命
无论多么轻盈的肉体都比棉花沉重
我在哪里
命就会为我建造一座单向的城

无论这根藤曲折蜿蜒
命的雷声就在闪电背后
在我想象却毫无准备的时刻
这只巨手会猝然敲响失修的木门

忏 悔

我的忏悔蔓延于高山的顶上
山风吹过麦苗吹过欲望的火焰
所有古老的故事
不过是重新排练

如同攀爬山顶
我无法除去内心的草木
山路的两边逐渐生锈
爱恨里不见落日之后

进入深山
我更看不懂这群山、桃树以及鸟雀、松鼠
这些山峰过于巨大
阴影中的囚徒
与我的忏悔互相映衬
从诸念到一念
瞬间满山干枯了所有的桃树

童年送亲队伍的背影

这些蚂蚁的身子运送着蚂蚁的队伍
蚂蚁的脸如同一粒粒红豆
移动在沉静的峡谷之路
在遥远的晨光中偶尔可以看清

如同抽象的画中之路
我的童年少数的清晰定格之处
我不知被送嫁的人去了哪里
只记得那条真正的雪堆满的山路

婚娶送亲来来往往
故乡的大雪依旧
路边浅浅黄草里还能蕴藏春天
内心的山羊还在激动地跳动
我现在脚步缓慢
在时间般的纷纷雪花中
遥望童年送亲队伍的背影

人　间

我在人间的织布机上穿梭
看到高空中无垠的飞鸟
最后还将飞向无垠
我难以判断人间到底值不值得

人间是万物的驿站
时间是编剧
万物都沉浸于其中的表演
不论是否愿意谢幕
船侧都是随流水远去的渡口

看到他人在人间摇摆

我顾镜自怜

一定要抓住这些单薄的光阴

为自己而活

这是经过人间最近的路

抚摸这些文字

我的印迹在人间隐约可见

悟 道

痴念一闪
我在人生中流浪
在深山中问道
道在道中

万念皆灰
爱本是用于遗忘
不占方寸之地
不留下一丝痕迹

灵光乍现
在生命中遗失
我所做的一切
都是为了埋葬自己

醍醐顿开

原来所做

皆为一个名字

呼 喊

总是哑者的声音最为响亮
从来不带有虚饰
一群矮者的悲伤
往往就是巨人的悲伤

在黄昏的废墟中
我默然穿过
如同对待一位先知
人生能够展示多少空白
我才能变得谦卑

如同青草呼喊春天一样
迷途之羊也是如此呼喊
白杨在夜色洪水中伸出枝丫
总有一些河流凭我自己无法横渡
直到呼喊在遥远的天空传来回音

图书在版编目（CIP）数据

夜行的灯火 / 宋远升著. —上海：上海三联书店，2019.10

ISBN 978-7-5426-6734-2

Ⅰ.①夜… Ⅱ.①宋… Ⅲ.①诗集－中国－当代 Ⅳ.①I227

中国版本图书馆CIP数据核字（2019）第149548号

夜行的灯火

著　　者 / 宋远升

责任编辑 / 郑秀艳

封面设计 / 一本好书

内页设计 / 徐　徐

监　　制 / 姚　军

责任校对 / 张大伟

出版发行 / 上海三联书店

　　　　　（200030）中国上海市漕溪北路331号A座6楼

邮购电话 / 021－22895540

印　　刷 / 上海盛通时代印刷有限公司

版　　次 / 2019年10月第1版

印　　次 / 2019年10月第1次印刷

开　　本 / 787×1092　1/32

字　　数 / 25 千字

印　　张 / 5.25

书　　号 / ISBN 978-7-5426-6734-2 / Ⅰ · 1529

定　　价 / 42.00元

敬启读者，如发现本书有印装质量问题，请与印刷厂联系021-37910000